걸어 다니는 별

시작시인선 0378 걸어 다니는 별

1판 1쇄 펴낸날 2021년 6월 1일
지은이 이은봉
펴낸이 이재무
책임편집 박은정
편집디자인 민성돈, 장덕진
펴낸곳 (주)천년의시작
등록번호 제301-2012-033호
등록일자 2006년 1월 10일
주소 (03132) 서울시 종로구 삼일대로32길 36 운현신화타워 502호
전화 02-723-8668
팩스 02-723-8630
홈페이지 www.poempoem.com
이메일 poemsijak@hanmail.net

ⓒ 이은봉, 2021, printed in Seoul, Korea

ISBN 978-89-6021-560-3 04810
      978-89-6021-069-1 04810(세트)

값 10,000원

걸어 다니는 별

이은봉

천년의
시작

길

사막을 지나고, 평원을 지나고, 진흙 구렁을 지나고, 이 윽고 산골짜기마다 콸콸콸 시냇물이 흐르는 숲을 지나고 있다고 생각한 적이 있다. 숲속에는 잣나무도, 개금나무 도, 밤나무도 아름을 이루며 그늘 많은 잎사귀를 피우고 있다고.

거기 어디 저녁연기 피어오르는 오막살이가 있고, 상추 와 부추와 쑥갓과 아욱이 자라는 텃밭이 있고, 마침내 시원 한 물이 퐁퐁퐁 솟아오르는 두레우물이 있다고 생각한 적 이 있다. 앞마당에는 중병아리 몇 마리 까막까치를 불러 모 이를 쪼고 있다고.

바깥마당에는 토끼가 깡총대고, 고양이가 얌얌 세수하고, 강아지가 까무룩 졸고 있다고 생각한 적이 있다. 더러는 반쯤 벌거숭이인 어린아이가 머리칼이 파뿌리인 할아버지의 손을 잡고 환하게 웃으며 뛰어놀고 있다고.

　…… 돌이켜 보면 아직도 이들 숲속 마을까지의 길은 멀다. 숲속 마을 대신 여전히 역한 냄새로 가득한 시멘트 빌딩 속을 헤매는 변덕스러운 마음만 여기저기 거친 언어로, 조악한 리듬으로 아프게 흩어져 있을 뿐.

2021년 봄
월산재에서

차 례

시인의 말

제1부

제1부

해解

칼이 필요하다 소의 뿔을 칼로 깎으려면

뿔이 필요하다 칼로 소의 뿔을 깎으려면

소가 필요하다 소의 뿔을 칼로 깎으려면

무엇이 먼저 필요한가 칼과 뿔과 소 중에

'나'는 잘 참으며 저만치 서서 그냥 웃는다.

중립의 새싹들
—비무장지대

누구도 무장하지 않아, 생명들
그냥 그대로 잘 자라는 곳

사람들 오가지 않아, 식물들
저절로 천국 이루는 곳

통일이 되더라도, 동물들
그냥 그대로 살고 싶은 곳

눈 감으면 여기 초록 영혼들
우르르 남북 향해 달려 나가지

달려 나가 남북 꽉 채우지
중립의 새싹들로 가득가득 채우지.

초록비

사월 초하루에 내리는 비는
초록빛 원피스를 입고 있다

병아리빛으로 싹 트는
능수버들의 마음을 갖고 있다

냉이꽃처럼 바람에 흩날리는
사월 초하루의 초록비

시냇가 저쪽 넓고 큰 들판
여린 풀잎들 다독거리고 있다.

지구 아가씨

지구는 약간 오른쪽으로 기울어져 있다
기울어진 채 오른쪽으로 돌고 있다
이웃집 새침데기 아가씨 같다
고개를 약간 오른쪽으로 기울인 채
구두 굽 소리를 높이며
새침새침 걷고 있는 이웃집 아가씨
오늘은 지구의 발걸음 소리도
새침새침 들린다 약간 오른쪽으로
기울어져 있는 저 지구의 고개
약간 왼쪽으로 들어 올리면 안 되나
약간 바로 세우면 안 되나
안 될 것 없다 때가 되면 바로 세워지리
사람들 오른쪽으로 걷는 것도
자동차들 오른쪽으로 도는 것도
모두 지구의 탓인가 약간
오른쪽으로 고개를 기울인 채
고독하게 오른쪽으로 걷고 있는
빨간 구두 아가씨, 새침새침 지구 아가씨!

생강나무, 샛노란 봄꽃

겨울이 악착같이 머리통을 들이민다
여기서 그냥 물러설 수는 없다고
차가운 바람, 휘몰아치며 달려든다

생강나무가 샛노란 봄꽃을 피워
겨울의 모가지, 바짝 비틀어 쥔다
와락, 골짜기 끝으로 밀어붙인다

식은땀을 흘리며 눈 내리뜨는 겨울
생강나무, 샛노란 봄꽃이 손바닥으로
따다닥 겨울의 싸다구를 올려붙인다

그녀의 손바닥에서는 생강 냄새가 난다
안방을 차지하고 있던 고뿔도
슬그머니, 그만 자리를 털고 일어선다.

마음나무

슬픔에서 슬픔이 자라고
기쁨에서 기쁨이 자란다

먹감나무에서 먹감이 열리고
사과나무에서 사과가 열린다

밀알이 키우는 밀알
파도가 키우는 파도

성공은 성공을 낳고
실패는 실패를 낳는다

완두콩 넝쿨에서 완두콩이 달리고
토마토 가지에서 토마토가 달린다

절망은 절망을 부르고
희망은 희망을 부른다

사랑에서 사랑이 크고
우울에서 우울이 큰다

>

보아라 먼 산마루 저쪽
봄볕이 불러내고 있는 봄볕!

걸어 다니는 별

사춘기를 너무 심하게 겪다가
순식간에 땅바닥에 떨어진 별
지금은 땅바닥 위를, 먼지 나는 흙바닥 위를
터덜터덜 걸어 다니는 별

때로는 뒹굴뒹굴 굴러다니기도 하는 별
아무도 별인 줄 모르는 별
하늘에서 반짝이지 못하고
흙바닥 위로 굴러떨어진 별

젖은 낙엽 속에, 마른 풀잎 속에
제 아픈 몸 숨기고 있는 별
별 모양의 목걸이가 아닌
별 모양의 귀고리가 아닌 진짜 별

별 자신도 자기가 별인지 모르는 별
내게는 별처럼 귀중한 별
네게도 별처럼 소중한 별
별이라고 부를 수밖에 없는 별

\>

지친 내 가슴속에도 살고
힘든 네 가슴속에도 사는
둔하고 미련하고 어리석은 별
진실이라는, 사랑이라는, 꿈이라는 별.

코로나 태풍

코로나 태풍이 휘몰아쳐 온다
무릎을 꿇고, 꿇은 무릎 속에
대가리를 처박아야 한다
어떻게든 참아 내야 한다

모래 태풍이 휘몰아쳐 올 때
낙타가 무릎을 꿇고 눈 감고
주둥이 꽉 다물고 견뎌 내듯이

그대여 나여 이 땅의 사람들이여
자주자주 손 씻어야 한다
단단히 마스크도 해야 한다
외로워도 혼자서 견뎌 내야 한다

아무리 세찬 태풍도 때가 되면
다 그치기 마련, 멈추기 마련
지나가지 않는 것이 어디 있으랴.

때
—잎새들, 잎술들

꽃이 지기 시작하자 잎새들 아연 화사해진다

뽀쪽대던 엷은 주둥이들, 때맞춰 들이밀고, 한층 두터워진 혓바닥들, 불쑥불쑥 내민다

더욱 진해진 주둥이들 어느새 꾸욱 다문다

바람에 몸 맡긴 채 무겁게 펄럭인다

빠르게 굴러온 시간들 머뭇대는 사이, 가볍게 내려앉는 멧새들 주춤대는 사이, 두툼한 잎술들 열린다

마구 주절대는 잎술들, 시끄럽다

마구 우거지는 잎새들, 검다 검붉다

빽빽하게 우거져 아무것도 보이지 않는다

샛노란 잎부리 재잘대던 버릇 다 어디 갔나

벌써 검붉어진 잎새들 위로 청개구리 한 마리 폴짝 뛰어오른다 주절대는 잎술들 아래로,

느리게 몸 굴려 가는 살진 구렁이

너무 배불러 뛰어오르는 청개구리 따위 쳐다보지도 않는다.

장맛비

창밖 이팝나무 잎사귀들 사이로
할아버지의 낡은 지팡이 같은
장맛비가 온종일 입 벌려 투덜거린다

광주여상 앞 '푸른길' 공원,
이팝나무 저쪽 하수도 근처에서
물비린내 시큼 몰려온다

장맛비에 촉촉이 젖은 사내의 마음,
자취방 구석, 오래 엎드린 채
주둥이 비쭉 내밀고 중얼거린다

그가 중얼거리고 있는 것은 무엇인가
벌써 몇 시간 배를 깔고 누운 채
쓰고, 고치고, 다듬고 있는 작은 별인가

작은 별이 아니면 어떤가 오래도록
가라앉은 마음, 이빨 드러내 놓고
히쭉히쭉 웃는다 방 안이 환해진다.

잎새들
—서울

여름 내내 짙은 매연과 소음에 시달리다가
잎새들 다 떨구어 버린 길음동 언덕의 목백합 나뭇가지들
나뭇가지들의 끝, 몇 안 남은 잎새들
병색 완연하다 노랗게 뜬 얼굴들
바람에 흔들린다 흔들리며 뭐라고 짹짹거린다
잘 들리지 않는다 그것들 뭐라고 주둥이 벌린다
바짝 다가가 귀 쫑긋 세워 본다
그제서야 겨우 들리는 짹짹짹 신음 소리,
통증을 호소하고 있는 거다
위험을 강조하고 있는 거다
검게 그을린 몇 안 남은 잎새들의 낯빛,
가슴에 청진기를 대지 않더라도
잘 알 수 있다 잎새들의 병든 마음,
여름내 매연과 소음에 시달리다가 온몸 다 문드러져 버린
길음동 길가의 목백합 나뭇가지들, 나뭇가지들의 끝
찢어진 잎새들, 아프다 아프다고 짹짹거린다.

코스모스여

오늘도 너는 고운 낯빛 흩날리며 붉은빛 꿈 키운다 바람
이 불어도, 바람이 불지 않아도……,

흩날리는 가는 허리 더욱 가늘게 흔든다 새하얀 미소로
웃는다

코스모스여 흩날리는 개미허리여 너무도 가벼운 영혼이
여 아주 오래된 애인이여

따로 꼬드기지 않아도 때가 되면 너는 스스로 분홍빛 엉
덩이를 꼰다 보랏빛 풍금 소리에 맞춰 노래 부른다.

그때 우리는

그때 우리는, 아무 데나 머리를 들이미는
하루살이 날벌레, 아무렇게나 튀어 오르는 철부지 땅강아
지, 목이 꺾인 버러지 풍뎅이……,
물인지 불인지 따져 볼 겨를이 없었다

계속되는 밤, 밀려오는 땅거미
멀기만 한 새벽, 두렵지 않았다 타오르는 생명들, 뛰어내
리는 청춘들……, 매일매일 최루탄 속으로, 백골단 속으로
포물선을 그으며 날아갔다 화염병으로, 사랑으로, 짱돌로

급하게 석유를 붓고, 불을 붙이지 않아도,
뿌지직 온몸이 타올랐다 숯이 되지 않아도, 재가 되지 않
아도 좋았다 무엇이, 어떤 것이 되지 않아도
하루하루 가슴 벅찼다 그때 우리는.

꽃을 피운다는 말은

꽃을 피운다는 말은 자유를 피운다, 생명을 피운다, 희망을 피운다, 내일을 피운다, 꿈을 피운다는 말이다

꿈을 피운다는 말은 절로 재밌다, 절로 슬프다, 절로 즐겁다, 절로 아프다는 말이다

꽃이여 네가 피지 않으면 열매가 맺지 않는다 열매가 맺지 않으면 희망이 맺지 않는다 희망이 맺지 않으면 사랑이 맺지 않는다

사랑은 자랑, 자랑은 사랑, 사랑자랑사랑자랑사랑자랑, 자랑이 맺지 않으면 고독도 맺지 않는다

우울도 맺지 않는다 기쁨도 맺지 않는다 고통도 맺지 않는다 행복도 맺지 않는다

행복하다는 말은 절로 아프다, 절로 즐겁다, 절로 슬프다, 절로 재밌다는 말이다

재미는 자유, 자유는 재미, 재미자유재미자유재미자유,

자유가 없으면 평화도 없다 평화를 사랑한다는 말은 꽃을
사랑한다는 말이다.

쥘부채

바람을 모아야지 바람을 일으켜야지
쥘부채를 부처 희망을 불러내야지
바람은 희망
바람은 꿈

가슴에 바람이 없으면 죽은 거지
가슴에 설렘이 없으면 죽은 거지
바람은 설렘
바람은 끌림

그렇지 바람은 생명의 고향이지
그렇지 바람은 사랑의 뿌리이지
흔들리는 삶
흩날리는 나날

누가 바람을 싫어하랴
누가 바람을 미워하랴
손을 흔들어야지 몸을 흔들어야지
땅을 흔들어 생명을 일으켜야지

>
무엇이 바람을 만드나
쥘부채가 바람을 만들지
쥘부채는 바람의 고향
쥘부채는 바람의 뿌리.

닦는 길

길은 없다 길은 닦는 자의 것, 길은 닦을 때나 생긴다 닦고 닦아도 길은 거칠다 험하다 아득하다

길은 잘 닦이지 않는다 자꾸만 안개를 피워 올리는 길,

순식간에 자갈 더미와 웅덩이들 튀어 오르는 길, 쉽게 포장되지 않는다

길은 문득 담쟁이 넝쿨처럼, 욕망처럼 갈퀴손을 뻗는다

내일을 알기 어려운 길, 어제를 알기 어려운 길,

내딛는 발걸음으로 그때그때 만드는 길, 낯설고 벅찬 길, 어지러운 길, 대낮에도 퍼뜩 땅거미가 내린다

길은 있다 낡은 길, 지저분한 턱수염 같은 길,

길은 닦는 자의 것, 금방 길이 되지는 않는다 쉽게 빛나지는 않는다

반성하지 않는 길, 성찰하지 않는 길,

순식간에 달구새끼들이 길 위에 똥을 싸댄다, 낙타 새끼들이 뒷발로 길을 걷어찬다

고향 집 방고래처럼 무너지고 꾸여지고 망가지는 길,

길은 구리거울, 길은 구리 동전

금방 녹이 스는 길, 한구석에 버려져 있으면 안 된다 끊임없이 갈고 닦아야 한다

잠깐 눈을 감았다가 떠도 이내 풀덤불 우거지는 길, 파랗
게 곰팡이 피어오르는 길.

줄넘기 놀이를 하며

좀 더 건강해지려고, 좀 더 오래 살려고 아파트 앞 소방도로 위에서 줄넘기 놀이를 한다 팔짝팔짝 제자리 뛰기를 한다

운동을 좀 하라고 아내가 밖으로 내쫓아 머리 위에서 다리 밑으로, 다리 밑에서 머리 위로 타닥타닥 줄을 돌린다

급하고 빠르게 줄로 바닥을 친다 바닥을 치며 한 사람을 생각한다 그 사람의 '줄넘기 작란'을, 팽이 돌리기를, 달의 행로를 떠올린다

줄이나 팽이나 달이나 다 중심을 향해 빙빙 도는 것

중심은 무엇인가 누구인가 중심을 향해 나는 하고 싶은 말이 있다

중심아 계절은 벌써 가을의 한복판을 지나고 있는데 나는 한 걸음도 앞으로 나가지 못한 채 제자리 뛰기나 하고 있다

제자리 뛰기만으로도 실은 얼마나 큰 운동인가 얼마나 큰 역사인가

줄을 돌리다 보면 더러는 앞으로 나가기도 하리라 앞으로 나가지는 못하더라도 몸을 움직이기는 하리라 운동은 하리라

줄넘기 놀이를 하며 나는 지금 이따위 생각이나 하고 있다 아내의 성화에 못 이겨 아파트 앞 보도블록 위에서 줄넘기의 줄로 탁탁, 바닥이나 치고 있다

당분간은 뒤로 돌아가지 않는 것만으로도 견딜 수 있다 참을 수 있다 기다릴 수 있다

뭉게구름 저쪽, 먼 하늘을 바라보며 쉬지 않고 나는 줄을 돌리고 있다 어떻게든 앞으로 나아가려고, 어떻게든 좀 더 나아지려고……

바로 그때 찬바람이 휙, 불어온다 이내 이마의 땀이 식는다.

제2부

산길을 가며

산길을 가며 나무를 만나는 것은
세상을 살아가며
사람을 만나는 것과 같다

저처럼 많은 나무들
나무들 중에도
좋은 나무가 있다

저처럼 많은 사람들,
사람들 중에도
좋은 사람이 있다

좋은 사람이 좋은 세상을 만든다
좋은 나무가
좋은 숲을 만드는 것처럼.

별별 죽음들

스마트폰을 연다 포털 사이트마다 별별 죽음들 아수라장이
다 그것들 웅성웅성 축제를 벌이고 있다

조간신문을 편다 면면마다 온갖 죽음들, 시끄럽게 야단법
석이다

TV를 켠다 화면 가득 갖가지 죽음들, 어지럽게 튀어 오른다

눈을 감을수록 환히 떠오른다 수많은 죽음들, 그것들 잡아
들이는 이 나라의 검고 긴 손가락들!

저 대나무들

싸락눈 싸락대는 초겨울 바람에도
우르르 흔들리며 울고 웃는
숲속 저 초록빛 대나무들 보아라
속이 텅 비어 있고나 설움이
가득 차 있고나 온몸 세워
꼿꼿이 뻗어 올리고 있고나
웃다가 울다가 고개를 숙이고 있는
저 초겨울의 대나무들이라니
잎사귀 가득 싸락눈을 받으면서도
서로가 서로에게 몸 기대고 있는
그렇게 쓰러지지 않고 버티고 있는
저 강한 대나무들 보아라
아직은 초록으로 빛나는 몸
기쁘고 즐겁게 감싸 안으면서도
마음은 하늘 저쪽 허공을 배우고 있고나
텅 빌수록 굳세게 흔들리고 있는
늘 한결같은 저 대나무들이라니!

은빛 마음 좀 봐

너무 더러워진 몸, 섣달그믐의 눈보라에 실어 한바탕 허공에 띄워 올리지 않고, 어떻게 새해 아침의 밝은 햇살 아무렇지도 않게 맞이할 수 있겠니

저것 좀 봐 저것 좀 봐

한꺼번에 솟구쳐 올랐다가 하얗게 부서져 내리는 저 은빛 마음 좀 봐 오늘도 쉬지 않고 뽀드득뽀드득 제 앞가슴 깨끗이 닦아 내고 있잖니 씻어 내고 있잖니.

공

마음은 공, 이리저리 굴러다닌다 누가 뻥, 차기라도 하면 움푹 들어갔다가 툭, 튀어나오며 날아간다

공은 먼 곳으로 날아가고 싶다 날아가 돌아오고 싶지 않다 잠자코 그곳에 처박혀 있고 싶다

아무 데서나 제멋대로 굴러다니는 공, 변덕이 심한 공, 떠돌이 공, 여기저기 잘도 튀어 오른다

살짝 건드리기만 해도 부르르 떠는 공, 담벼락 한 구석에 쑤셔 박혀 있고 싶은데, 그게 잘 안 된다

눈에 띄기만 하면 누구라도 뻥뻥, 차고 싶어 안달하는 공,

공은 지금 바위가 되고 싶다 오래오래 한곳에 들어박혀 살고 싶다 깊은 침묵이 되고 싶다 그윽한 고요가 되고 싶다.

폭포

뛰어내려야 한다 앞장서 떨어져 내려야 한다 절벽 아래로 확, 달려들어야 한다 단번에, 순식간에

날 선 식칼을 들어 새하얀 광목천, 쭈욱 찢어야 한다

두려워하지 마라 겁내지 마라 무서워하지 마라

뛰어내려야 한다 굵은 물줄기로 떨어져 내려야 한다 훌쩍, 번개처럼 천둥처럼,

과감하게 내려쳐야 한다 내려쳐라 쳐, 모두 함께 달려들어라 떨어져 내려라 뛰어내려라

뛰어내려야 콸콸대는 시냇물이 될 수 있다 고요한 호수가 될 수 있다 굽이치는 강이 될 수 있다 침착한 바다가 될 수 있다

마침내 한 생명 둥글게 낳을 수 있다 한 하늘, 한 말씀 이룰 수 있다

뛰어내려라 내려쳐라 쳐, 다 함께 몰려들어라 한꺼번에 떨어져 내려라 우르르 쾅쾅, 뛰어내려라.

울컥울컥

무엇이 한세상 여기 살게 하나 마음 졸이게 하나 울컥울
컥 가슴 찢어지는 소리, 크게크게 들린다

컥컥 막히는 목구멍이라니
컥컥대는 숨소리가 오늘 살게 하나
그렁그렁 고이는 두 눈의 눈물이

무엇이 마음 쓰게 하나 끼적대게 하나 우세두세 가슴 밑
바닥에서 불덩어리 끓어오르게 하나

두 눈 가득 채워 오는 눈물 덩이
설움 덩이가 마음 토하게 하나
남녘땅 한 귀퉁이, 함부로 침몰한 세월이.

반성

컴퓨터 앞에 앉아 두어 시간 낑낑대면
시 한 편을 만들다니
그렇게 시 한 편을 만들다니

하루 24시간은 몰두해야
만들 수 있는 것이 시 한 편이거늘……

이렇게 말하며 크게 자책하는
젊은 시인을 만난 적이 있다
서울의 어느 시 공부 모임 특강에서

어쩌지 30분만 펜을 잡고 있어도
노트와 마주하고 있어도
깜박깜박 졸기 일쑤이니 어쩌지

잠이 너무 많은가 봐 나는
어느새 낡았는가 봐 나는

기껏 20분을 몰두하고서도
후딱, 시 한 편을 만들어 내는 나는
아주아주 소박한가 봐 단순한가 봐.

별
—서울

밤이 되어도 별 보이지 않는다 서울의 밤, 너무 밝고 환하기 때문이다

불 끄고 찬찬히 들여다보아야 겨우 흐릿하게 빛나는 서울의 별……

끝내 별 보고 싶으면 밤 깊을 때까지 기다려야 한다 하늘 다시 맑아질 때까지, 서울 이루 캄캄해질 때까지

서울 사람들 온 천지가 캄캄해지지 않으면 별 키우지 않는다 기르지 않는다.

진리의 뺨

진리는 헝그리 복서다 먹고 살기 위해 오늘도 진리는 링 위에 올라가 뭇매를 맞는다

진리의 뺨은 너무 많이 맞아 벌겋게 일그러져 있다 입술은 피투성이가 되어 있고……

더는 진리를 링 위에 세우지 마라, 라고 소리 높여 외치지 마라

진리는 링 밖에서도 수시로 뺨을 얻어맞는다

진리의 뺨을 치고 있는 저 중늙은이 부르주아 대변인 윤장중 씨를 보라

그도 먹고 살기 위해, 출세를 하기 위해 저 짓을 하고 있다

뺨을 얻어맞는 것은 진리만이 아니다 최근에는 자유와 정의도 수시로 뺨을 얻어맞고 있다

시퍼렇게 멍이 든 자유와 정의의 뺨을 보라

중늙은이 부르주아 대변인 금행 씨에게는 자유와 정의도 싸가지 없는 건달일 뿐이다 먹고 살기 위해,

100% 대한민국을 전복시키려는 빨갱이일 뿐이다

오늘도 법은 육법전서 속에서 아무 말도 못하고 눈만 껌벅이고 있다

더는 진리의 뺨을 치지 마라, 라고 소리 높여 외치지 마라 지금은 때가 아니다 평등과 평화까지도 주둥이 꽉 다물

고 있다

조심해라 언제 어디서 돌주먹이 그대 주둥이를 향해 날아올지 모른다.

착하고 예쁜 사람

속이 상해 쩔쩔매는 내게 그녀가 작고 귀여운 입술 달싹이며 말했다 착하고 예쁜 사람이, 잘나고 멋진 사람이 져야지

누가 착하고 예쁜 사람이야 누가 잘나고 멋진 사람이야 나는 그런 사람 아니야 그 말, 뭐야…… 나도 그냥 사람이야

내 말은 네가 좋은 사람, 훌륭한 사람이라는 뜻이야 기분 나빠 쩔쩔매는 내게 그녀가 예쁜 입술을 실룩대며 말했다

음음, 근데 내가 좋은 사람, 훌륭한 사람인 것은 맞아 그건 그렇고……, 내 속이 상한 만큼 내게 지랄을 떤 놈도 속이 상하겠지

당연하지 당연해 도끼가 달려와 네 가슴을 치면 네 가슴만 아픈 게 아니야 도끼의 가슴도 아픈 거야 도끼한테 물어봐

작고 귀여운 손을 저으며 그녀가 말했다 도끼의 가슴만 아프겠니 도끼를 들어 네 가슴을 친 가슴도 아플 거야

그래그래, 착하고 예쁘게 사는 것이 좋은 거야 그게 가장 잘나고 멋지게 사는 거야…… 실은 다 네가 일부러 져 준 거잖아 그렇지?

달콤한 적

최근 들어 덜컥 겁이 나 흰쌀밥의 오른쪽 허리에 쇠 방울을 달았다 왼쪽 허리에 장도칼을 채웠다

걸을 때마다 흰쌀밥은 찰랑찰랑 쇠 방울 소리를 냈다 철컥철컥 칼 부딪는 소리를 냈다

방울 소리가 들리면, 칼 부딪는 소리가 들리면 흰쌀밥이 곁에 와 있다는 걸 알 수 있었다 쉽게 그를 피할 수 있었다

유혹을 이기지 못하고 흰쌀밥을 먹게 되면 피가 탁해진다는 것을, 심장이 더러워진다는 것을 수도 없이 아내한테 들었다

겨우 살 만하게 되었거늘, 흰쌀밥을 먹어도 될 만하게 되었거늘 흰쌀밥이 적이 된 것이다

어쩌다가 이렇게까지 되었나 흰쌀밥을 겁내게 되었나 저 맛있는 것이 악이라니 저 달콤한 것이 적이라니!

더는 피할 수 없다

인자무적을 가슴속 깊이 넣고 산 지 오래다
세상을 포용하며 살자고 다짐한 지 오래다
어진 마음으로 더불어 살기로 한 지 오래다
당연히 누구와 싸워 본 적 없다
싸움은 질투
싸움은 절망
싸움은 고통
누군들 싸우며 사는 일이 즐거우랴
싸움 속으로 들어가는 일은 죽음 속으로 들어가는 일
착한 마음으로 살자고 다짐을 하는데도
싸우지 말자고 다짐을 하는데도
더는 물러설 곳이 없는 때가 있다
싸우지 않으면 안 될 때가 있다
그만하자고 부탁을 하는데도
잊어버리자고 사정을 하는데도
욕지거리를 해대며 악착같이 달려드는 놈이 있다
삿대질을 해대며 그렇게 달려들면
상대가 여자라고 해도 어쩔 수 없다
맞서지 않을 수 없다 패거리를 동원해 달려들면
패거리를 동원해 달려들 수밖에 없다

그렇게 다시 또 한바탕 싸우고 나면

무엇이 달라질 것인가 이기고 지든 후유증이 클 수밖에 없다

상처가 클 수밖에 없다 두고두고 아플 수밖에 없다

싸움은 분노

싸움은 욕망

싸움은 비애

상대가 끝내 싸움을 걸어오면

어쩔 수 없다 피할 수 없다 한바탕 싸움에 나설 수밖에 없다

누구와 싸워 본 지 참 오래다

누구와 싸우는 것 정말 싫다 잽싸게 도망가고 싶다.

좌판 위의 정의

정의가 시장의 좌판 위에서 미제 오렌지처럼 팔리고 있다 수입된 지 오래되어서인지 요즈음 들어서는 매기가 좀 덜하다

지금 시장의 좌판 위에 진열되어 있는 정의도 미제이기는 마찬가지이다 1945년 이래 대한민국에서는 미제가 짱이다 많은 사람들이 돈을 주고 정의를 사는 데는 그런 탓도 약간 있다

국민들이 모두 미제 정의를 좋아하는 것은 아니다 지난 1980년대를 풍미했던 민주정의당의 정의는 별로 좋아하지 않는다 그때의 정의도 미국과 깊이 관련되어 있기는 하다 이제는 역사도 그때의 정의를 두고 정의가 아니라 코미디라고 적는다

소리만 있고 뜻은 없는 것이 그때의 정의다 사람들이 그때는 다 '정의'라고 쓰고 '불의'라고 읽었다

정의는 개념보다 실천이 소중하다 이렇게 소중한 정의를 시장 좌판 위 미제 바나나처럼 늘어놓고 팔다니 조금은 걱정스럽고 조금은 의아스럽다 정의의 바탕은 장롱 속에 넣어두고 정의의 무늬만 팔고 사는 것이 아닐까

먹고사는 일에 여유가 생긴 사람에게는 정의가 사치이기 쉽다 사치가 아니면 사기라고 해도 좋다 시장의 좌판 위에

올려놓고 미제 과일처럼 팔고 있는 정의가 참된 정의일까

　예쁘게 포장해 시장의 좌판에서 팔고 있는 정의를 그대로 믿기는 어렵다 매일매일 조간신문에 전면광고를 치는 정의를 어떻게 믿나 의심이 많은 나는 시장 좌판 위에서 미제 레몬처럼 팔고 있는 정의의 경우 모르는 체한다.

얼음 천국

세상이 꽝꽝 얼어붙고 있다 기상관측 이래 최고의 한파
라고 한다 맨얼굴로는 밖에 나다니기조차 힘들다 바야흐로
얼음 천국이다

얼음 천국이라고 어떻게 얼음이 천국을 이루나 얼음이
이룰 수 있는 것은 지옥뿐, 얼음부터 녹아야 천국이 아닌가

무엇이 세상을 얼어붙게 하나
지구의 온난화를 탓하지 마라
파괴된 오존층을 탓하지 마라
누군들 가이아의 분노를 모르랴

무엇이 세상의 얼음을 녹게 하나
너무 쉽게 봄을 말하지 마라
너무 빨리 사랑을 말하지 마라
누군들 봄과 사랑을 알지 못하랴

사람의 마음이 녹아야 세상의 마음도 녹는다 사람의 마
음을 온갖 욕심으로 얼어붙게 해 놓고서는 무슨 말이 그리
많으냐

>

　귀 기울이면 마음속 얼음 천국에서도 흐르는 물소리가 들린다 물이 얼어붙어 만드는 세상의 얼음을 녹이는 것은 사람의 마음이다 마음의 소리다.

어슬렁거리는 탑

탑, 공든 탑, 지난해 12월 대선 때 온갖 부정부패로 세운 탑, 어슬렁거리는 탑

탑은 무엇인가 탑은 누구인가 탑은 무너져 내리는 정부인가 찌그러지고 있는 국가인가

그럴 리 없다 아니다 그럴 수 있다 탑은 뭐 그냥 탑이어도 좋다

탑이 사자처럼 정글을 두리번거린다 배가 고픈가 보다

사람들의 눈을 피하지 않는 탑

눈을 부릅뜨 사람들을 노려보는 탑

하나를 잡아먹으면 배가 불러 더는 노려보지 않지, 둘을 잡아먹으면 배가 불러 더는 노려보지 않지, 라고 노래하는 탑……

탑은 호랑이인가 한꺼번에 삼백을 넘게 잡아먹은 호랑이,

목이 메는지 삼백을 바닷물에 훌쩍 말아먹은 호랑이,

사람들은 무서워 호랑이의 얼굴을 쳐다보지도 못한다

입가의 피를 닦는 호랑이, 입맛을 쩝쩝 다시는 호랑이

놀란 사람들, 기가 막힌 사람들 촛불을 들고 광화문 이순신 동상 앞에 모여 시위를 한다

점차 촛불들이 모여들자, 반성하는 체하는 호랑이, 뼛속까지 바꾸겠다고 하는 호랑이, 무릎을 꿇고 비는 호랑이

선거가 끝나면 금방 잊어버리는 호랑이

호랑이는 정부인가 호랑이는 국가인가 공든 탑, 지난 12월 온갖 비리로 세운 탑

오늘도 탑은 사람들을 잡아먹고 있다. 입맛 쩝쩝 다시며 한 명씩, 두 명씩 국민들을 잡아먹고 있다 발밑이 와르르 무너지는 줄 모르고.

걱정의 파뿌리

사람들 마구 죽어 가고 있다 사람들 살리는 일 무엇인가 광화문 이순신 장군 앞에서 피켓시위라도 해야 하나 그러기에는 너무 늦은 나이

세월호 침몰 사건으로 어린 학생들 수백 명이 죽어 간 나라, 법피아 철피아 경피아, 무슨 무슨 피아들로 가득한 나라

정부 청사에서는 게으르고 무지한 제 민족을 혐오하는 신문기자가 총리가 되겠다고 앙앙대고 있다,

군부대에서는 왕따를 참지 못한 관심병사가 총기를 난사해 젊은 청년들 우르르 죽고 있다

이 나라, 이 사람들을 어쩌나 그냥 모른 체해야 하나 걱정으로 잠이 안 온다

작은 일이라도 뭘 좀 해야 하는데……, 페이스북에 좋은 말을 써 지친 사람들을 위로라도 해야 하나 청계광장에 나가 촛불이라고 들어야 하나

이런 일들로 사람들의 마음을 다독이기에는 너무 늦은 나이

무슨 인생이 이럴까 걱정이 파뿌리가 되어 하얗게 세고 있다 머리칼도 파뿌리가 된 지 이미 오래거늘, 오늘도 밤새 한숨이 멎지 않는다.

제3부

오토바이 소리

어느새 자정 가까운 시간, 급하게 길을 달리는 오토바이 소리 들린다 통닭집 박 씨, 또 배달을 나가나 보다

아무런 걱정 없이 통닭을 시켜 먹는 젊은이들이 부럽다

혼자 자취하는 '진아하이빌' 3층, 투룸 안으로도 타다닥 다탁 잘 튀긴 통닭 냄새가 기어 올라온다

배가 고프다 배가 고파야 내일, 모레, 글피 건강할 수 있다.

시름시름

시름시름 몸이 아파도, 가물가물 눕고 싶어도 누워서는 안 된다 벌떡 일어서야 한다 일어서 걸어야 한다 그래야 겨우 내일, 모레에 닿을 수 있다

자꾸만 가라앉는 몸, 자꾸만 처지는 오늘 아침, 힘껏 잡아당겨야 한다 거듭 채근해야 한다

억지로 자빠트려도, 강제로 무너트려도 자빠져서는 안 된다 무너져서는 안 된다

지친 몸아 아픈 오늘아 입 모아 소리쳐 부르며 일어서야 한다 일으켜 세워야 한다 거듭거듭 움직여야 한다 그래야 간신히 내일, 모레에 이를 수 있다.

햇볕 좋은 날
—김태정

스님, 이제 가야겠어요 견디기 너무 힘들어요
—언제쯤 가시려고요 지금 가시면 안 돼요
가을이 오면 가려고요 햇볕 좋은 날 가려고요
—추석을 쇠기 전에 가셔야 해요 추석을 쇠고 나면 바빠져요
추석을 쇠기 전에는 좀 한가해요 스님, 그때는 괜찮아요
—그래요 추석을 쇠기 전에는 가시는 길 도와드릴 수 있어요
그냥 화장해 주세요 달마산에 뿌려 주세요
—그래도 사흘장은 치러야지요 친구들도 좀 부르고요
알았어요 스님 뜻대로 할게요 조금 기다리지요 뭐

추석을 쇠기 한두 주일 전쯤 어느 햇볕 좋은 날
그녀는 갔다 바짝 마른 제 몸뚱이만 이승에 남겨 둔 채.

깨진 항아리

당신은 깨진 항아리, 처음부터 깨지지는 않았지 오래전 병원에 입원해 수술을 받으며 깨졌지

그렇지 우리 집으로 시집와 살면서 깨졌지
당신은 철 테 두른 깨진 항아리

남들은 모르지 당신만 알지
마음까지 금이 가 있다는 것을

그래도 당신이 있어 부뚜막이 있지 부엌이 있지 우리 집이 있지 내가 있지 세상이 있지 오늘이 있지 내일이 있지.

시든 꽃다발

지난 5월 생일 선물로 받은 장미꽃 다발,
시든 지 오래다 버릴까 말까
망설이다가 그냥 화병에 꽂아 둔다

문득 바라보면 저 시든 장미꽃 다발,
나 같기도 하고 아내 같기도 하다

어느새 저녁 6시가 손 흔들며
걸어오고 있다 이내 7시, 8시가 되고,
금방 9시, 10시가 되리라

생일 선물로 받은 시든 장미꽃 다발,
곧 흙이 되리라 저도 흙이 되는 나와 함께,
다시 또 새벽 2시, 3시가 될 수 있을까.

낡은 수건

낡은 수건이 있다 차마
버릴 수는 없어, 물에 젖은
발을 닦다가 깜짝 놀란다
수건의 한쪽 끝
희미하게 쓰여 있는 글씨
너무 낯익다 그래도 그때까지는
정치라는 것을 하셨고나

평화민주당 대전 동구 갑
지구당 대의원대회
1989년 5월 29일

수건의 다른 한쪽 끝
흐릿하게 쓰여 있는 이름
그때까지는 그래도
희망이 있으셨고나
물 젖은 발을 닦다가
문득 놀란다 아무도 기억 못 하는
세 번 출마했다가 다 떨어진

\>

평화민주당 대전 동구 갑

지구당위원장 송좌빈

Tel 042-257-3622

심장들

늦가을 오후, 영동 거리를 자동차로 달린다 차창 밖 감나무들, 붉은 주먹들 치켜들고 달려온다

문득 어지러워 자동차를 세운다 가까이 다가가 바라보니 주먹들이 아니라 심장들이다

심장들, 벌렁벌렁 뛰고 있다

뛰고 있는 모습, 너무 무섭다

다리가 후들후들 꺾인다

사람들의 노한 마음, 부르르 떤다 하늘 저쪽의 둥근 낮달, 한숨 푹 쉰다 저도 견디기 힘든가 보다

심장들 곁에 오래 있으면 안 된다 자꾸 겁난다 바람이 분다 불길한 소식이 전해질 것만 같다

도망치듯 서둘러 자동차의 시동을 건다 저 마음들을 어쩌나 저 한들을, 저 원들을 어쩌나.

보석

바닷속 조개의 자궁에서 크는 보석,
깨지기 쉬운 영혼, 건드리지 마라
함부로 상처를 주지 마라
누군들 상처가 아프지 않으랴
상처 난 과일이 향기를 만들지라도……
향기의 영혼은 날아가기 쉽다 사라지기 쉽다
상처받은 영혼은 다 아프다
당신의 영혼도 상처받은 적 있다
두고두고 치료를 받아야 할 만큼 아프다
출렁출렁 상처받은 당신의 영혼
영혼의 상처는 언젠가 아문다
아무는 만큼 반짝반짝 보석이 영근다
모든 보석은 아리다 쓰리다 시리다
당신의 영혼 속 뽀얗게 이는 설움이라니
고개 들어 먼 하늘 바라보면
진주구름 송알송알 영글고 있다.

구절초 이별

누가 나를 구절초라고 부르나 아홉 마디 꺾어진 삶이라고 부르나

내게도 가을이 오네 벌써 잎새들 붉게 물들기 시작하네

어느새 10월이 가네 10월은 꽃 시절, 아직도 나 구절초 꽃 시절을 꿈꾸고 있네

언제 꽃 시절이 있었던가 꽃 시절을 꿈꾸어 무엇 하나

점점 햇살이 여려지네 차츰 바람이 강해지네 생명들 짐 꾸리기 시작하네

보게나 나비들 날개가 찢기고 있네 벌들 날개를 움츠리고 있네

고개를 숙이고, 팔을 늘이고 이제는 나도 꽃을 버려야 하네 아홉 마디 꺾인 향기를 버려야 하네

벌써 추워지기 시작하네 온몸이 떨리기 시작하네 곧 서리가 내리겠지

곧바로 낙엽이 되어 뒹굴겠지 구절초, 나도 흙으로 돌아가겠지 흙이 되겠지

풀로 나무로 돌아가기 위해 준비를 해야 할 때가 오네 한줌 새까만 씨앗으로 빛날 때가.

세월

누가 세월을 두고 약이라고 했나 묻지 않아도 사람들은 '세월'의 다른 이름이 '인내'라는 것을 안다

언젠가 나도 '세월, 참고 견디기'라는 에세이 한 편을 쓴 적이 있다

세월, 참고 견디기는 하지만 갈갈이 찢긴 사람들의 마음, 끝내 건져 올리지는 못하나

잠수부들이여 세월, 그것이 죽음을 싣고 인천과 제주의 뱃길을 오가는 여객선의 이름이라는 것을 안 것은 불과 얼마 전의 일이다

2014년 4월 16일을 뭐라고 불러야 하나 눈물이라고, 설움이라고, 절망이라고, 한이라고 불러야 하나

참으로 잔인한 '세월'이고나 이 죽음, 쉽게 끝나지 않는데 산 사람들의 마음, 어찌해야 하나 억울해 울부짖는 마음, 어찌해야 하나.

책들

읽어야지, 읽어야지 하면서도 쌓아 두기만 한 책들, 버려두기만 한 책들, 책들도 군중 속의 고독으로 치를 떨겠다

아무도 거들떠보지 않는 책들, 여기저기 널브러져 있는 책들, 참 외롭겠다, 참 슬프겠다, 참 아프겠다

피로 쓴 저 책들, 너무 서러워 갈피마다 절망을 숨기고 있다 행간마다 설움을 감추고 있다 가슴마다 칼날을 품고 있다

요즈음 누가 책을 읽나 인터넷이 훨씬 더 재미있는데, SNS가 훨씬 더 재미있는데…… 그러니 책을 쌓아 두기만 한 나여 칼을 맞아도 싸다

피여 영혼이여 책이여 시여 시집이여 나도 머잖아 쓰레기 더미로 버려지리라 폐지 더미로 던져지리라 이내 흙이 되리라.

우울의 가슴

네 이름은 우울, 우울의 가슴은 떨림판, 따로 흔들지 않아도, 따로 미워하지 않아도 삼베빛으로 운다 시르죽은 병아리빛 우울

자꾸만 떨면서 우는 네 가슴, 바람 불지 않아도, 비 내리지 않아도, 저 혼자 흔들리는, 저 혼자 외로운 떨림판은 우울의 가슴

네 가슴은 문득 하늘로 솟구쳐 회오리바람이 된다 한껏 세상 쓸어내리면서 지는 산수유빛으로 운다 여전히 저 혼자인 우울의 가슴은 떨림판!

코로나-19

코로나-19는 제 저고리 안에
총을 숨기고 있다 기관단총을
눈 깜짝하는 사이
아무 곳이나 사람들을 향해
기관단총을 갈겨댄다
저 독한 코르나-19를 보아라

이곳저곳 몰려다니다가
이놈, 코로나-19의 총알에 맞는 것은
참으로 어리석은 일,
자칫 코로나-19의 총알을 맞고
장례식장에 누워 있는
아메리카 사람들을 보아라

삶과 죽음이 하나라는 것을
누가 모르랴 그래도 지금은 그대
폭풍우에 떠내려가는
한갓 풀꽃일 수는 없다
누가 뭐래도 생명은
소중한 것, 아끼고 보듬는 것.

멸망

멸망은 느림보 거북이다
앞다리가 짧은 토끼처럼 정신없이 달리다가
잎사귀 넓은 나무 그늘에 누워
아무렇게나 잠들지 않는다
멸망은 쉬지 않고 지구의 언덕을 기어오른다
손바닥을 비비며, 고개를 주억거리며
여기저기 산업단지를 만든다
공해 구름을 피워 올린다
엉금엉금 느림보 거북이처럼
멸망은 대한민국 자본주의 100년을 향해
기어오른다 지치지 않고
기어오르는 그의 발걸음이
최근 들어서는 점점 더 빨라지고 있다
작년 올해 들어서는 내달리기까지 한다
4대강을 먹고, 핵발전소를 먹고
시멘트 빌딩까지 먹으며 가속도가 붙은 것이다
개발과 재개발과 친한 멸망
온갖 생명들 다 잡아먹고 크는 멸망
한순간 쾅, 하고 터지고야 말 멸망!

근대 적응

1991년, 286 AT 컴퓨터를 구입했다

1992년, 컴퓨터 흔글 워드로 박사논문을 작성했다

1993년, 015 삐삐를 구입했다

1994년, 기아자동차 프라이드베타를 구입했다

1995년, 정년 보장 전임강사로 임명되었다

1998년, 019 핸드폰을 구입했다

1999년, 한메일 계정으로 이메일을 보내기 시작했다

2001년, 인터넷을 검색해 자료를 찾았다

2003년, 핸드폰으로 문자메시지를 보냈다

2004년, 다음 카페를 개설했다

2006년, 다음 카페로 학생들의 리포트를 받기 시작했다

2009년, 다음 카페에 자료를 모았다

2011년, 스마트폰을 구입했다

2012년, 스마트폰으로 인터넷 검색을 했다

2012년, 카카오톡 계정을 열었다

2012년, 페이스북 계정을 열었다

2013년, 스마트폰 앱으로 기차표를 끊었다

2013년, 스마트폰 '노트'에 시를 쓰기 시작했다

2014년, 이더리움에 관한 기사를 읽었다

2014년, 스마트폰 앱으로 고속버스 표를 끊었다

2015년, 세미나에서 'SNS와 문학'에 대해 발제했다

2016년, 새로운 SNS인 인스타그램에 가입했다

2017년, 장르문학 및 웹소설에 대한 특강을 들었다

2018년, 교수직을 퇴직했다 근대 적응을 하지 않아도 되었다.

화살나무
―서울

　화살나무는 기어코 서울로 이사를 했다 아무도 그가 화살나무라는 것을 알지 못해서일까 네모반듯한 서울의 거대한 아파트 단지에서 살며 화살나무는 늘 기가 죽었다

　쭉쭉 뻗은 직사각형의 아파트 단지에서 사는 동안 그는 점점 장식품이 되어 갔다 무릇, 그냥, '아무렇게나'가 되어 갔다 이제 그는 화살나무도, 자연도 아니다

　마침내 화살나무는 대상나무가 되었다 언제부터인가 사람들은 그를 이렇게 불렀다 대상나무, 대상나무, 누구는 그를 객체나무라고도 불렀다 객체나무, 객체나무, 어쩔 수 없이 그의 이름도 김화살, 김자연, 김대상, 김객체로 바뀌어 불리게 되었다

　모서리가 날카롭게 각이 진 서울로 이사와 살면서 그는 둥근 진실을 잃어버렸다 당연히 그는 자신이 누구인지 몰랐다

　서울에서 그가 얻은 것은 '말'이었다 서울 촌놈이 되어 살면서 그는 화살나무가 아니라 대상나무라는, 객체나무라는 '말'이 된 것이다

　마침내 그는 티비나 냉장고, 컴퓨터나 스마트폰과 다르지 않게 되었다 어떤 화살나무는 더러 무의식이라는 이름으로도 불리었는데, 무의식의 다른 이름은 호주머니였다 호주머니 속에서라도 자연이 남아 있는 사람은 좀 있었다

그랬다 가끔은 객체나무인 그를 '너'라고 부르는 사람이 있기는 했다 여태껏 그를 사람으로 여기는 사람이 있기는 했다

객체나무를 어떻게 불러야 하나 서둘러 나는 그를 공부하기 시작했다 밑줄을 치며 소리를 내어 외우다 보니 갑자기 그가 태풍이나 해일처럼 무서워졌다 한 세상이 그만 뒤집힐 것만 같았다

그와 그의 이름들…… '너'도, 그도, 호주머니도, 무의식도, TV도, 냉장고도, 컴퓨터도, 스마트폰도, 책도 내게는 다 무서웠다 이게 다 화살나무가 대상나무가 되고, 대상나무가 객체나무가 되면서 생긴 일이었다

그를 서울 밖으로 내보낼 수는 없을까 서울 밖으로 내보내는 것이 불가능하면 시간 밖으로라도 내보내고 싶었다 서울도, 시간도 그저 말일 따름이지만

시간 안에서는 시간도, 서울도 죄 언어로 소비되고 말았다 어떤 별쫑맞은 사람이 있어 그를 화살나무라고 부르더라도 이제는 누구 하나 알아듣지 못했다

화살나무의 씩씩한 날개를 기억하는 사람은 더더욱 없었다 이름이 바뀌어 아무도 기억하지 못하더라도 그는 그냥 그렇게 서울에서, 익명의 도시에서 사는 수밖에 없었다.

너희들의 난생설화

　애비 없이 태어난 자식, 후레자식, 예수는 동정녀 마리아
의 배 속에서 그렇지 정상적으로 분만했지
　박혁거세라든가 김알지라든가 주몽이라든가
　저주받은 자식, 축복받은 자식, 알에서 태어난 자식, 너
희들이 신화를 만들지
　신화를 위해서는 아버지를 죽여야지 부처를 만나면 부처
를 죽이고, 조사를 만나면 조사를 죽이듯이

　애비 없이 태어난 자식, 후레자식, 박혁거세라든가 김알
지라든가 주몽이라든가
　너희들도 알에서 태어난 자식의 틈에 끼워 넣어야지 그
래야 외롭지 않지 견딜 수 있지 하늘이 너희들의 후원자니
까 그렇게 든든하니까
　늘 푸르른 오월의 하늘, 너희들은 하늘의 맏자식, 너희들
로부터 아침 해는 새롭게 떠오르지

　애비 없는 자식, 후레자식, 너희들이 예수고, 박혁거세
이고, 김알지이고, 주몽이지
　애비가 있더라도 너희들 애비는 공자의 애비, 야합의 애
비, 보리밭을 뒹굴며 너희들을 만들었지 머리통만 커다란

너희들을 만들었지

　애비 없는 자식, 후레자식, 알에서 태어난 자식, 너희들
이 최초의 애비이지 그렇지 하늘이 흙으로 빚은 아담이지.

제4부

내일이여 역사여

　따스한 봄바람으로, 부드러운 봄볕으로, 은여우의 꼬리
털로, 당신의 꽉 닫힌 가슴, 활짝 열어젖히고 싶은,

　시여 내일이여 역사여.

윤집궐중允執厥中

너무 싱거워요 간이 덜 들었어요

막소금은 말고요 죽염이 있으면,

조금 더 넣으세요

너무 짜군요 간이 과하군요

막소금이든 죽염이든

소금을 더 넣으면 완전히 망쳐요

어떻게 해야 간을 맞추나요

찬찬히 맛을 보며

조심스럽게 중을 잡아야지요

중도 움직이는군요

시간이 중을 바꾸잖아요

시간의 행방을 알아야

진실로 중을 잡지요 간을 맞추지요

노동에 쫓기다 보니

혓바닥에 모래가 돋았나 봐요

간을 맞추기가 너무 힘들군요

김장 김치 한 통

김장 김치 한 통을 선물받았다
오늘 저녁 느닷없이

가족들과 떨어져 혼자 사는 선생님 딱하다고, 춘란 씨가
아파트 경비실에 맡겨 놓은 것을 찾아왔다

한 손으로 김치 통을 든 채 엘리베이터를 타고 12층 투룸
으로 올라오는데, 갑자기 배가 불렀다 이 겨울 더는 반찬 걱
정하지 않아도 좋았다

가족들과 떨어져 혼자 살아도
살다 보면 더러 좋은 날 있다.

산길을 걷자

하염없이 집콕만 하다 보니
송신증이 인다
벌떡증이 인다

이 나라, 이 땅에는
무수한 산길 있다

코로나-19를 피해
사람들 별로 없는 산길을 걷자

오늘 산길은 금사리 둘레길
산길을 걸으며
생기를 얻는다, 활기를.

먼 곳

어느새 또다시 8층 사무실 앞이다
문을 열고 들어서자,
숨이 턱 막힌다 온갖 책과 서류 들
여기저기 널브러져 있다
낡은 종이 냄새들 밀려온다
코를 킁킁거리며 의자를 돌려 앉는다
창밖 저쪽 파도치는 산들 보인다
멀리 남쪽 하늘도 보인다
먼 곳, 먼 남쪽 나라로 가고 싶다
아직도 먼 곳이 그립다
먼 곳으로 떠난들, 다시 또 먼 곳으로
떠나고 싶으리란 것을 왜 모르랴
그렇게 떠나고 싶은 마음을
자꾸만 그곳으로 가고 싶은 마음을
어쩌랴 온몸이 울컥울컥 솟구치는 것을!

자화상

목도 길고 얼굴도 길지만 눈은 작아

영리해 보이기는 하는데,

아는 것은 별로 없지만

알기는 꽤 좋아하는 사람, 호기심이 많은 사람

술보다는 차를 좋아해 항상 깨어 있는 사람

독한 데가 약간 있기는 한 사람

이순이 내일모레이거늘,

마음은 여름 숲처럼 우거져 있는 사람

모질거나 사납지를 못해

아무 데나 정을 흘리고 다니는 사람

이것저것 잘 빠트리고 다니는 사람

물려받은 재주가 약간은 있어 리듬 탈 줄은 아는데,

바람 탈 줄은 아는데,

손도 작고 발도 작기는 하지만

피부는 좋아 귀티가 나는 사람

어디에서나 웃기를 잘해

좀 슬퍼 보이는 사람, 좀 자유로워 보이는 사람

외로움도 많고, 설움도 많고, 그리움도 많아

더러는 헤퍼 보이기도 하는 사람

그만큼 시를 써내기도 하는 사람

써내는 시의 앞가슴마다
짭조름한 땀방울이 묻어 있기는 하는데.

동백나무, 늙은 곰

서라아파트 담장 아래
늙은 곰 한 마리 쪼그려 앉아 있다
풋나물 다듬고 있다
잔뜩 몸 움츠린 채,
악착같이 푸른 깃 세우고 있는 늙은 곰 한 마리
제 몸 여기저기 붉은 꽃 피우고 있다
허리는 꼬부라졌어도
늙은 곰의 붉고 푸른 꿈,
핏자국처럼 선연하다
바람 불지 않아도
땅바닥 위 떨어져 뒹구는
늙은 곰의 푸르고 붉은 꿈, 환하다 아프다
아파도 그녀는 꽃방석, 둥글게 만들고 있다
떨어진 꽃자리마다
붉은 동백 알들 맺고 있는
늙은 할머니 곰, 치달려 온 세상
더는 두렵지 않다 이제는
손주들까지 두엇 품에 안고 있기 때문이다
소꿉놀이를 하는 아이들
꽃딸기 주워 모으고 있다

사금파리 도마 위 올려놓고,

내일을 위해 꽃떡 찧고 있다.

술

뭉게구름처럼 하늘에 떠 흐르는 줄 알았다 새털구름처럼
하늘을 꽉 채우는 줄 알았다

뭉게구름은 작은 사탄, 새털구름은 어린 악마, 하느님께
꾸중을 들을 때처럼 속이 쓰렸다 속이 아렸다

호화 요트를 타고 바다 위를 달리는 줄 알았다 무등에 올
라 먼 산맥들을 바라보는 줄 알았다

눈 감으면 샛노란 해바라기 꽃밭 속에 누워 앓았다 눈 뜨
면 타박타박 고비사막을 걷고 있었다.

굴참나무 잎사귀

굴참나무가 먼저 여름내 잡고 있던 잎사귀의 손을 놓았
으리 가을이 와서 잡고 있던 잎사귀의 손을 놓는 굴참나무
의 마음이 어땠을까

날카로운 칼로 가슴을 저미는 것 같았을까
손가락이 말라비틀어지는 것 같았을까
땅에 떨어지면 죄 짓밟혀 흙이 되고 마는걸

자식을 흙으로 떠나보내는 굴참나무의 마음이 어땠을까
창백한 낯빛으로 뒷방에 누워 있는 뒷방 마님 같았을까

잎사귀가 먼저 여름내 잡고 있던 굴참나무의 손을 뿌리
쳤으리 잎사귀는 비쩍 마른 굴참나무 잔가지에 매달려 있
기 미안했으리

잎사귀 저도 어느덧 단풍으로 물들어 버린걸
가문 땅으로 물을 다 내보낸 지 오래인걸
굴참나무와 헤어져 흙이 되어도 어쩔 수 없었으리

천천히 흙이 되는 잎사귀의 마음이 어땠을까 잎맥들만 남
기고 차가운 흙이 되고 있는 저 잎사귀의 마음이라니!

잔디밭에 종이를 펴고 엎드려

성강리 강 시인네 집이다
언지당言志堂이다 잔디밭에 종이를 펴고 엎드려
무엇인가 끼적여댄다 즉흥적으로
꽃 피고 새 우는 봄날인데
잔뜩 술에 취해 옛사랑을 떠올리며
몇 자 끼적여댄다 옆에서
웃고 있는 옛사랑은 옛사랑을 부정하는데
선배는 몽블랑 만년필을 빌려주며
술기운으로, 일필휘지로
시를 한 편 써 보란다 써 보라며 웃는다
흥얼흥얼 흘러간 옛 노래나 자랑하던
나도, 내 입술도 따라 웃는다
술잔을 들고 있는 내 왼손도
온갖 꽃들로 어지러워 함께 웃는다
여기저기 널려 있는 죽음보다는
한 움큼씩 모여 있는 생명이 훨씬 더 좋은 날이다
아무도 읽지 않는 시보다는
누구나 좋아하는 봄꽃이 훨씬 더 좋은 날이다
술에 취해 끼적여댄 글들로
여태껏 친구들과 선배들을 웃기고 있다

사람들 너무 좋아 벌건 대낮부터
벌겋게, 시뻘겋게 취해 버린 날이다!

직소폭포한테 듣는 말

헉헉대는 숨소리 너무 거칠군요 내소사에서부터 허겁지겁 단숨에 달려왔군요 오 리나 되는 먼 산길을……

아무것도 보이지 않는다고요 당연하지요 헉헉대는 사람에게는 아무것도 보이지 않지요

캄캄하지요 지금, 그래요 그대에게는 아직 아무것도 보여주고 싶지 않군요

내 이름이 직소폭포잖아요 꽤 성질이 있다는 말이에요

자자, 숨 가라앉히고 주위를 좀 둘러보세요

개가죽나무 촘촘한 붉은빛이며, 보리수나무 두터운 노란빛이며, 계곡을 흐르는 물빛은 어때요 촉촉한 바람은 어떻고요

잘 봐요 여기 내 속에 하늘을 나는 새털구름 담겨 있잖아요

벌써 내려가려고요 내소사에서 일행들이 기다리고 있다고요 그냥 내버려 두세요 기다리다 지치면,

외변산 바닷가를 돌며 왕새우 구이에 소주 한잔할 거예요 가슴 째지는 일이잖아요

너무 바쁘고 분주하군요 이제는 내 가슴에 발을 담그고 좀 앉아 쉬어 보세요

눈 감고 귀 기울여 들어 보세요 물소리, 새소리, 바람 소리가 가슴 뻥, 뚫잖아요

아직도 숨소리가 거칠군요 잠시도 쉬지 않고 달려왔으니까요

늘 종종대는 것이 세상이지요 어쩌겠어요 그냥 편안히 시간의 수레바퀴를 굴리는 수밖에요

그래요 그건 그렇고 이번에는 내가 좀 당신의 무릎 위에 앉아 볼까요

친절이며 정성도 나눌 때 빛이 나는 것이지요 자자, 이쪽으로 무릎 좀 돌려 보세요 으스러지게 나를 한번 안아 보세요.

저녁 길을 가며
—D·J·H에게

저녁볕이 벌써 사위에 피어오르고 있다 서쪽 하늘은 아직 밝고 환하지만 머잖아 온 세상에 어스름이 깔리리라

북쪽 산언덕 밑에는 이미 저녁 그림자가 보금자리를 틀고 있다 시간의 발걸음이 이처럼 빨라지니 주위를 둘러볼 때마다 덜컹거리는 가슴이 자꾸 조바심을 낸다

발걸음 더욱 빨리 내디뎌야 한다 더 이상 머뭇대다가는 어둠이 오기 전 이 산언덕을 넘지 못할 수도 있다 마음의 바른 터전을 찾는 데 이처럼 많은 시간이 걸리다니

이제는 더 이상 더듬거리거나 망설이지 말아야 한다 회초리를 들어서라도 나 자신을 더욱 부추겨야 한다 시큰거리는 왼쪽 무릎을 탓해 무엇하랴

멀찍이 밀쳐 두었던 낮 동안의 슬픔이 우르르 몰려와 또 절뚝이는 발목을 잡는다 별이 뜨고 달이 뜨더라도 밤길은 여전히 낯설고 서툴고 무섭다

그럴수록 어둠이 내리기 전, 땅거미가 깔리기 전 서둘러 옛 마을로 돌아가야 한다

거기 다수운 마음으로 끌어안아야 할 사람들이 있다 그들과 함께 일구어야 할 땅이 있다 뿌려야 할 씨앗이 있다

길가의 가로수들도 어느새 가을을 맞이하느라고 늙어 가는 잎사귀들을 흔들고 있다

옛 마을에 이르면 둥구나무 밑에 모여 태극선을 부치고 있는 농부들의 손부터 잡아야 한다 이분들과 함께 이룩해야 할 내일이 기다리고 있다

옛집에 도착하면 등불을 밝힌 채 아내와 아이들을 데리고 왁자지껄 지껄여대기도 해야 한다 가족이라는 이름으로 도달해야 할 꿈들을 잊어서는 안 된다

저녁밥을 먹은 뒤에도 자리를 펴고 눕기까지는 시간이 좀 남아 있다 잠들기 전 해야 할 일은 무엇인가 올려야 할 기도는 무엇인가

너무 걱정을 할 필요는 없다 날이 바뀌기까지는 시간이 꽤 남아 있다 나누어야 할 일들이 제법 남아 있다 그렇다 주어진 시간을 아껴 쓰며 최선을 다하기만 하면 된다.

섞어찌개

이각자 선생 혼자 사는 집
이 집 큼직한 냉장고에는
이 그릇 저 그릇 쪼끔쪼끔
쉬어 터진 김치들 들어 있다
동네 반찬가게에서 사 온 것들이다

저것들, 저 김치들, 처음에는 청와대의 만찬에라도 오르
고 싶었겠지 결혼식 피로연 뷔페에는 오르고 싶었겠지

이 그릇 저 그릇에서 덜어 낸
먹다 남은 쉰 김치를 냄비에 넣고
들들들 끓인다 이내
하얀 김이 솟는다 맛있는
냄새가 난다 이각자 선생 냄새다

뚜껑을 열면 뒤엉켜 끓고 있는 섞어찌개의 모습이 보인
다 아무거나 먹으며 살아온 이각자 선생의 불그죽죽한 낯
빛 같다

고향을 떠나 객지를 떠돌다 보면

쩔쩔매며 살 수밖에 없다
제 삶을 섞어찌개로 만들 수밖에 없다
그렇게 맛을 버릴 수밖에 없다
아니다 섞어찌개처럼 맛있는 것 없다

조심해라 진작 낯빛 불그죽죽해진 이각자 선생, 갑자기
거리로 내쫓길 수도 있다 낯빛 불그죽죽한 집권당 국회의
원은 괜찮겠지만.

당신

아무렇게나 당신은 오고 있었다 은행나무 마른 잎사귀, 황금빛 날개를 퍼덕거리며……

얼마 전까지만 해도 문을 활짝 열고 기다려도 당신, 길모퉁이 저쪽 주저주저 망설이고 있었다

그때는 영영 당신이 안 오는 줄 알았다 이상기온……, 때문일까 온몸에서 땀띠가 돋고는 했다

당신이 막 오고 있을 때였다 땀방울을 뚫고 비바람이 불었다 번개가 치고, 천둥이 쳤다 그렇게 한바탕 태풍이 불었다

이내 숲속 가득 맑은 피가 흘렀다 하늘 높이 짜릿짜릿 별이 빛났다

바로 그때였다 엉덩이를 뒤뚱거리며 골짜기 가득 안개가 피어올랐다 안개 속에서 당신보다 먼저 꿈이 왔다

꿈속에서 당신은 와락 손을 뻗어 내 아랫도리를 주물러대며 지껄여댔다 늙었군 늙었어

……당신이 이처럼 무참히 오다니 쪼그라든 채 찌질찌질 오더라도 당신이 와서 좋기는 했다 오는 것만으로도 당신은 충분히 나를 부추겨댔다

높은 하늘, 마른 나뭇가지 사이로 보이는 상현달이, 내일의 하늘이 밝고 환했다

주위를 둘러보니 당신은 이미 뒤죽박죽 어지럽게 와 있

었다 은행나무 아래로 떨어져 내린 당신의 황금빛 엉덩이
들 질펀했다.

시론들

한국 현대시는 지성이 결여되어 있다고, 지나칠 정도로 서정 일변도라고, 한 시인이 한 시인을 두고 은근슬쩍 씹어댔네 불혹이 넘으니 귀신이 보인다고 너스레를 떠는 한 시인을 두고

이 말을 들은 한 시인이 한 시인을 두고 은근히 말을 뱉었네, 시는 머리로 쓰는 것이 아니라고, 가슴으로 쓰는 것이라고, 가슴으로 써야 감동을 준다고

이들이 주고받는 말을 들으며 한심스러워하던 한 시인이 있었네 그가 호들갑을 떨며 '머리로 쓰는 시인', '가슴으로 쓰는 시인'에게 한마디 씨불였네 시는 온몸으로 쓰는 것이라고, 뿌득뿌득 온몸으로 밀고 나가는 것이라고

'온몸의 시인'의 말에 취해 피 끓는 젊은 시인들 한동안 들떠 지냈네 나도 두어 해 그렇게 부화뇌동했네

바로 그때였네 너무도 당연한 한 시인의 말에 식상해 있던 또 다른 한 시인이 지껄였네 온몸으로 시를 쓰지 않는 시인이 어디 있냐고

'온몸의 시인'의 말이 그에게는 좀 딱하게 들린 듯했네 세상을 향해 그가 피식 웃었네

시는 본래 감각으로 쓰는 것이라고, 온몸의 감각으로 쓰는 것이라고, 그가 말했네 온몸이 두뇌라고 '온몸의 시인'

이 너무 뻔한 얘기를 하고 있다고, 더듬더듬 그가 전신두뇌설을 펼쳤네

전신이 두뇌라니 그때는 이 말을 제대로 알아듣는 사람이 별로 없었네 급기야 그는 상단전, 중단전, 하단전의 논리를 빌려 구차한 설명을 하기까지 했네

그의 말은 끝내 골 깊은 메아리가 되지 못했네 산마을 골짜기나 겨우 떠돌다 사라졌네

나는 그저 훈훈한 마음으로 빙그레 웃었을 뿐이네 시는 보는 만큼, 듣는 만큼, 아는 만큼 쓰는 것이라며 두 손 모아 주문이나 외웠을 뿐이네

반야심경을 적당히 주물러 만든 엉터리 주문이었네

안이비설신의 색성향미촉법 시청후미촉지 안이비설신의 색성향미촉법 시청후미촉지……

뿌리라는 말

아내와 애들이 사는 서울집에 가서 아버지 제사를 지내고 심야버스를 타고 광주집으로 내려가는 길이다 새벽 5시다 졸음 가득한 눈망울 밖으로 느닷없이 떠오르는 말이 있다

참 낡은 말, 뿌리……, 이어 더 낡은 말들이 떠오른다 가족, 조상, 선조, 자식, 전통, 후손, 아들, 딸, 손자, 손녀……

뿌리가 있다는 것은 든든한 일이다 전통이 있다는 것은 든든한 일이다 아들이 있다는 것은 든든한 일이다

……아들도 나와 함께 전주 이씨 덕천군 자손, 그런데 왜 갑자기 이들 엉뚱한 말이 떠오르는 거지 이들 말만큼이나 생각이 복잡해진다

내게도 조선왕조의 피가 섞여 있나 어린 시절 할아버지가 수시로 외우게 했던 '목익도환태정태……'

어느새 나도 아들과 손자를 생각하는 나이, 별안간 미혼의 장남이 떠오른다

아들과 손자를 생각하는 것은 미래를 생각하는 것, 지금 이 나라의 미래는 무엇이지 그런데 왜 또 이들 말이 퍼뜩 떠오르는 거지

졸음이 다시 또 내 곁을 떠나는 낯선 새벽 5시다 동쪽 하늘이 환하게 밝아 온다

왜 나는 지금 뿌리라는 말에 사로잡혀 있나 먹고살기 위해 허겁지겁 동서남북을 뿌리 없이 뛰어다니면서도

벌써 다닥다닥 솔방울들을 매다는 늙은 소나무가 되어 있기 때문일까 혈통이나 걱정하는

문득 금강가 물여울을 향해 투망을 던지던 젊은 아버지의 모습이 떠오른다.

이놈 파충류

세상에는 어디에나 불행이라는 이름의 파충류가 살고 있다 이놈 파충류……, 살모사 같은 놈, 율무기 같은 놈, 까치독사 같은 놈, 능구렁이 같은 놈

좌절이라고도, 낙망이라고도 불리는 이놈 파충류는 대가리를 바짝 쳐든 채 순식간에 당신의 앞가슴을 향해 달려온다

두 가닥 혓바닥으로 시퍼런 독을 푹푹 뿜어대는 놈, 너무도 무서운 놈

긴장을 하고 주위를 둘러보면 그래도 이놈 파충류가 달려오는 길목만큼은 잘 알 수 있다 멀리서 흙먼지를 일으키며 달려오는 이놈 고통의, 이놈 상처의 모습만큼은 잘 볼 수 있다

정신 차려라 이놈 파충류는 느닷없이 갑자기 당신의 앞가슴을, 사타구니를 두 손으로 치켜들고는 한다

수시로 이름을 바꾸는 놈, 여러 이름을 갖고 있는 놈, 본래의 이름을 알 수 없는 놈

때로는 몰락이라고도, 때로는 절망이라고도, 때로는 고독이라고도 불리는 놈

이놈 파충류는 언제나 검은 망토를 입고 상실의 골목을, 소외의 거리를, 환멸의 광장을 몰려다닌다

한번 당신의 몸을 휘감으면, 꼬리가 긴 이놈 파충류는

절대로 놓지 않는다 자칫하면 목이 감겨 숨을 못 쉬고 죽을 수도 있다

아무나 함부로 목을 감아 죽이는 이놈 파충류를 가리켜 사람들은 뭐라고 부르나

누구는 이놈을 가리켜 슬픔이라고 부른다, 누구는 이놈을 가리켜 설움이라고 부른다, 누구는 이놈을 가리켜 우울이라고 부른다

이놈 파충류의 수많은 이름이라니

이놈이 처음 당신을 찾아올 때는 짜증이나 싫증, 권태나 나태, 무료나 허무 등의 이름으로 행세한다

이처럼 많은 이름을 갖고 있는 이놈 파충류는 너무도 관능적이다 누구도 쉽사리 거부하지 못한다

이놈 파충류가 칭칭 몸을 휘감고 숨을 못 쉬게 목을 조여 오면 당신은 끝내 아무것도 기억하지 못 한다

그럴수록 당신은 이놈의 얼굴이며 이름이며 마음이 치달려 오는 길목을 거듭거듭 눈 부릅떠 지켜보아야 한다

수시로 이름을 바꾸는 이놈 파충류의 모습을!

고백

가끔은 내가 우리 시대의 퇴계 선생님이라고 부르는, 율
곡 선생님이라고 부르는

비 선생님, 나를 아시나요

나는 자호自號하여 '각자'라고 하는, 각자 이 선생이라고
하는, 이은봉이라는 자입니다

각자라! 웃기지요. 아니 웃기는 호號이지요

'각자'는 내가 나를 웃기려고 만든 호이지요

아니, 내가 세상을 웃기려고 만든 호이지요

지금 우리가 살아가는 이 시대, 이 자본주의 시대는

각자가 자기 자신을 책임지는 시대가 아닌가요

Each Other의 시대라는 말이에요

각자 저 자신이 주인이 되는 시대라고 해도 좋아요

조금쯤 바꿔 말하면 개인이 우주의 중심이 되는 시대라
는 것이지요

각자라 시대의 의표를 찌르는 말이군요

한자로 쓰면 각자各自인가요 설마 깨달을 각覺 자에 아들
자子 자를 쓰리라고 생각하지는 않겠지요

공자, 맹자, 순자, 노자, 장자, 송자…… 등과 항렬이
같잖아요

내가 어찌 감히 이 어른들과 같은 항렬을 쓸 수 있겠어요

당연히 휘諱해야지요 아들 자子가 아니라 놈 자煮 자를 써도 시건방지기는 마찬가지지요

삼가할 각愘 자를 쓰면 더욱 그렇고요

이런 얘기를 하는 것 자체가 실은 다 시건방진 것이지요 조롱이 가득한 것이지요

따져 보면 시건방지다고, 조롱이 가득한 것이라고 할 것도 없지요

내가 나를 두고 자잘하게 놀아 보는 것이니까요

내가 나를 두고 자잘하게 놀아 보지도 못 하나요

내가 나를 두고 자잘하게 노는 일이, 내가 나를 두고 자잘하게 웃는 일이 남들에게 피해를 주지는 않잖아요

이렇게 노는 나보다는 자꾸만 세상을 닮아 가는, 세상과 같아지는 내가 더 걱정이지만요

귀가 순해지는 것 말이에요 거친 귀가 아니라 순한 귀가 걱정이에요

마음속에 살던 선인장 가시울타리가 어느새 죄 탈출을 해 버렸거든요 그래요 선인장 가시울타리 대신

사슴이 들어와 살고 있으니 어쩌지요 마음속에

아직은 사자가 들어와 살고 있어야 하는데 벌써 어린애가 들어와 살고 있다니까요 어린 사슴이

한때는 낙타가 들어와 살기도 했지요 모래사막이

비 선생님, 사자처럼 조금은 가볍고, 조금은 천하고, 조금은 뻔뻔하고, 조금은 독하고, 조금은 음험하게 살고 싶은데, 그게 잘 안 되네요

선인장 가시울타리를 부수고 사막을 떠돌던 사자가, 숲을 어슬렁대던 사자가 어느새 수도자가 되어 버렸어요

벌써 철없는 어린 사슴이, 어린애가 내 안에 들어와 살고 있다니까요

이렇게 말하고 있는 나를 조금은 가볍고, 조금은 천하고, 조금은 뻔뻔하고, 조금은 독하고, 조금은 음험하다고 말해 주세요

내가 가끔은 우리 시대의 율곡 선생님이라고 부르는, 퇴계 선생님이라고 부르는 비 선생님,

그렇게 말해 주세요 그럴 때 내가 가끔은 새로운 시도를 할 수 있거든요

실은 새로운 시도라고 할 것도 없지요 새로운 것이 뭐 따로 있나요

떠오르는 옳은 생각을 망설이지 않고 당장 실천하는 것이 중요하지요 정작은 그것이 새로운 것이지요

이런 고백이 무슨 의미가 있나요 아무런 의미도 없지요

그동안은 나를 조롱했으니, 이제는 세상을 조롱하는 것인가요 지금 조롱하기는 하는 것인가요

모든 것이 다 때가 있잖아요 지금은 웃거나 울 때지요

때요 시간요 알고 보니

비 선생님에게는 때가 없더군요 시간이 없더군요 이미 무시간이 되어 사시더군요 그래요 이미 시간 밖에 계시더군요

가끔은 내가 우리 시대의 퇴계 선생님이라고 부르는, 율곡 선생님이라고 부르는 비 선생님,

비가 내리네요 구슬픈 비가

무시간이 되어 사시는 비 선생님, 무시간에 이르는 것이 좋은 것인가요 아직도 그것을 잘 모르겠어요

모든 시간이 금방 둥글게 돌아 들어오고 있군요 돌아 들어오고 있어요

지금은 각자 따귀를 때려 저 자신을 깨울 시간이에요 비 선생님, 각자 자신의 따귀를 때려 저 자신을 깨울 시간은 꼭 마련해 두라고 해 주세요

따귀보다는 뒤통수가 좋을 수도 있어요 각자 저 자신의 뒤통수를 때려 깨우려면 두타석이 필요해요 그래요 제 책상 앞에는 늘 투타석이 반갑게 웃고 있지요

우리 시대의 스승이신 비 선생님, 나를 아시지요 나는 자호自號하여 '각자'라고 하는, 각자 이 선생이라고 하는, 이은봉이라는 자입니다

나도 쬐끔은 선생님을 알지요 우리 시대의 스승이라는 것쯤은 알지요

내가 우리 시대의 율곡 선생님이라고 부르는, 퇴계 선생님이라고 부르는 비 선생님, 내가 왜 그렇게 부르는지 그 이유를 자세히 말하지는 않을게요 알 사람은 다 알거든요

말하는 순간 모두들 폭소를 터뜨릴지도 모르니까요

여전히 말 밖에 사시는, 시간 밖에 사시는 비 선생님,

시간의 밖을 살고 싶어 하는 것이 모든 사람의 꿈이라고 하던데 정말 그런가요

비 선생님, 선생님도 꿈을 꾸시나요

샘이 되는 꿈, 강이 되는 꿈, 바다가 되는 꿈, 하늘이 되는 꿈…… 뒷날의 세상이 기억할 수 있게 말이에요

모든 기억은 거짓이고 허구이지만요

거짓을 즐기고 있다고요 허구를 즐기고 있다고요 거짓도, 허구도 없는 것이 시간 밖의 세상이겠지만 말이에요 시간 밖의 세상, 참 재미없는 세상이겠지만요

비 선생님, 시간 밖으로 튕겨 나가지 않기 위해, 저를, 제 허리띠를 꼭 잡으세요 어서 빨리 잊혀 버리게요.

저 순한, 봄의 시학

오민석(시인, 문학평론가)

1

이 시집은 이은봉의 열두 번째 시집이다. 서양에서 열둘은 완성의 의미가 있는 숫자이다. 예수의 제자도 열둘이었고, 이스라엘 민족도 열두 부족으로 이루어져 있었다. 1년도 열두 달이다. 나는 이 '열둘'의 숫자에서 그가 지금까지 걸어온 먼 길을 아득히 떠올린다. 『삶의 문학』(1983) 제5호로 등단할 때만 해도 시인은 골방의 실존을 시로 쓸 수 없었다. 군부독재의 시퍼런 칼날 아래에서 문학은 연약한 풀잎-칼날이었다. 그것은 풀잎처럼 날카로우나 무력武力 앞에서 가장 무력無力한 손짓이었고, 생명력이 넘쳐 나지만 참혹한 군홧발의 시체가 되기에 십상이었다. 등단 직전에는 산업체 특별학급에서 어린 여성 노동자들을 가르치다가 파업을 배

후 조종했다는 '핑계'로 해직되었다. 자유실천문인협의회, 한국작가회의 같은 모임이 그가 자주 들르던 문화공동체였다. 그렇게 그는 세상에서 가장 빠르게 봉건의 마지막 시대에서 근대 민주주의를 거쳐 탈근대로 넘어온, 한국의 숨 찬 시대를 살아왔다. 얼마 전엔 대학에서도 정년퇴직했다. 누구와 싸울 줄도 모르고 사람 좋은 웃음만 실실 흘리는 그가 어떻게 저 광풍의 세월을 지나왔을까. 나는 이번 시집을 읽으면서 안도의 한숨을 내쉰다. 그는 사막에서 풍장風葬의 오랜 세월을 거친 몸처럼 버릴 것을 다 버리고, 놓을 것을 다 놓은 언어를 구사하고 있다. 뜨거운 태양과 한밤의 냉기도 사람 좋은 사람의 '좋음'마저 빼앗아 가지는 못하나 보다.

그때 우리는, 아무 데나 머리를 들이미는
하루살이 날벌레, 아무렇게나 튀어 오르는 철부지 땅강
아지, 목이 꺾인 버러지 풍뎅이……,
물인지 불인지 따져 볼 겨를이 없었다

계속되는 밤, 밀려오는 땅거미
멀기만 한 새벽, 두렵지 않았다 타오르는 생명들, 뛰어내
리는 청춘들……, 매일매일 최루탄 속으로, 백골단 속으로
포물선을 그으며 날아갔다 화염병으로, 사랑으로, 짱돌로

급하게 석유를 붓고, 불을 붙이지 않아도,
뿌지직 온몸이 타올랐다 숯이 되지 않아도, 재가 되지
않아도 좋았다 무엇이, 어떤 것이 되지 않아노

하루하루 가슴 벅찼다 그때 우리는.

—「그때 우리는」 전문

폭력과 야만의 세월은 아직도 그의 뇌리에 남아 있다. 그
도 당시에 제정신을 가진 여느 청춘들처럼 "계속되는 밤"의
시간을 보냈다. 약함과 강함, 그 "어떤 것이 되지 않아도"
그 어둠 속에 있을 수밖에 없는 것이 "그때 우리" 모두의 운
명이었다. 사막의 거센 쇠바람 앞에서는 풀잎도, 전갈도,
낙타도, 장미도, 자기 종種의 특수성을 내세울 수 없었다.
물을 잃은 물총새도 사막에서 살아야 했으며, 낙타는 죽어
가는 사막의 약자들을 위해 레퀴엠을 부르는 것이 직업이었
던 시대를 그도 건너왔다. 그러나 그는 아직도 새싹과 초록
비와 샛노란 봄꽃을 노래한다.

그래그래, 착하고 예쁘게 사는 것이 좋은 거야 그게 가
장 잘나고 멋지게 사는 거야…… 실은 다 네가 일부러 져 준
거잖아 그렇지?

—「착하고 예쁜 사람」 부분

작품 속의 말 상대인 "그녀"와의 대화에서 화자는 이렇
게 말한다. 그에게는 "착하고 예쁘게 사는 것"이 정언명령
이다. 그는 "일부러 져 준 거"라고 말하지만, 진 것은 사막
의 미친 바람이고, 그의 '착하고 예쁨'은 살아남았다. 이런
방정식이 세상에 없다면, 착하고 예쁜 그 모든 것들은 다

멸종되었을 것이다. 한국에서 총칼로 무수한 생명을 말살한 하이에나들은 모두 죽임을 당했거나 감옥에 갔다. 금방 말라 죽을 것 같았던 이쁜 초록들이 살아남아 일부러 져 준 거라고 말할 때, 약한 것들의 새잎이, 툭, 피어난다. 맞다. 착한 것들은 절대 죽지 않는다. 생물학적 죽음과 무관하게, 착한 것들의 서사만이 끝내 살아남는다.

누구도 무장하지 않아, 생명들
그냥 그대로 잘 자라는 곳

사람들 오가지 않아, 식물들
저절로 천국 이루는 곳

통일이 되더라도, 동물들
그냥 그대로 살고 싶은 곳

눈 감으면 여기 초록 영혼들
우르르 남북 향해 달려 나가지

달려 나가 남북 꽉 채우지
중립의 새싹들로 가득가득 채우지.
—「중립의 새싹들–비무장지대」 전문

이 시에서 "중립"은 싸움의 벡터vector 안에서 남의 집 불 구경만 하는 태도가 아니다. 그것은 모든 형태의 폭력에 대한 저항의 방식, A 혹은 B의 선택이 아니라, 생명을 죽이는 그 모든 A와 B에 대한 거부이다. 그러므로 그것은 "저절로 천국 이루는" 에너지이며, 강밀도(intensity)이고, 분명한 전선戰線을 가지고 있는 정치적 입장이다. 그것은 도피가 아니라, 적극적인 개입이며, 착하고 이쁜 것들("중립의 새싹들")로 세상을 "가득가득" 채우려는 전략이다. 초록의 새싹들은 약해 보이지만, 가장 마지막까지 살아남아 마침내 "우르르" 달려 나가 낙원을 복원하는 힘이다. 그것은 약하면서 강한 문학의 모습이고, 시인의 얼굴이다.

2.

니체가 말한 바, 괴물의 심연을 바라보다가 괴물을 닮는 불행이 이은봉 시인에게는 일어나지 않았다. 그를 거쳐 간 괴물들은 자신들의 심연에 스스로 갇혔다. 니체의 생각과 달리 괴물은 괴물을 닮아 가고, 꽃은 꽃으로 이어진다. 지상의 모든 개체는 저마다의 언어 게임들을 가지고 있다. 다 죽어 갈지라도 풀잎이 방울뱀이 되는 일은 없다. 세계의 혼란은 하나의 언어 게임이 자신의 약호(code)를 다른 개체에 강요할 때 생겨난다. 죽음의 위협 앞에서도 존재는 자신의 문법을 버리지 않는다. 견디지 못해 개체의 죽음이 발생할지라도 종種의 문법은 가계家系의 나무를 타고 계속 이어진다. 그 어떤 악조건 속에서도 착하고 이쁜 것들이 사라지지 않는 이유이다.

슬픔에서 슬픔이 자라고
기쁨에서 기쁨이 자란다

먹감나무에서 먹감이 열리고
사과나무에서 사과가 열린다

밀알이 키우는 밀알
파도가 키우는 파도

성공은 성공을 낳고
실패는 실패를 낳는다

완두콩 넝쿨에서 완두콩이 달리고
토마토 가지에서 토마토가 달린다

절망은 절망을 부르고
희망은 희망을 부른다

사랑에서 사랑이 크고
우울에서 우울이 큰다

보아라 먼 산마루 저쪽
봄볕이 불러내고 있는 봄볕!

—「마음나무」전문

약하고 사람 좋은 시인이 악마의 세월을 지나오면서도 '저 순한, 봄의 시학'을 여전히 가지고 있는 것은 그의 "마음 나무"가 "봄볕"의 유전자를 가지고 있기 때문이다. 그는 "절망"과 "우울"이 아니라, "희망"과 "사랑"의 자손이다. 완두 콩 가지에서 토마토가 열리지 않듯이, 희망의 유전자는 우울의 밭에서도 희망을 생산한다.

> 싸락눈 싸락대는 초겨울 바람에도
> 우르르 흔들리며 울고 웃는
> 숲속 저 초록빛 대나무들 보아라
> 속이 텅 비어 있고나 설움이
> 가득 차 있고나 온몸 세워
> 꼿꼿이 뻗어 올리고 있고나
> 웃다가 울다가 고개를 숙이고 있는
> 저 초겨울의 대나무들이라니
> 잎사귀 가득 싸락눈을 받으면서도
> 서로가 서로에게 몸 기대고 있는
> 그렇게 쓰러지지 않고 버티고 있는
> 저 강한 대나무들 보아라
> 아직은 초록으로 빛나는 몸
> 기쁘고 즐겁게 감싸 안으면서도
> 마음은 하늘 저쪽 허공을 배우고 있고나
> 텅 빌수록 굳세게 흔들리고 있는
> 늘 한결같은 저 대나무들이라니!
> —「저 대나무들」 전문

"초록빛 대나무"는 "싸락눈 싸락대는 초겨울 바람"의 문법을 따르지 않는다. 그것은 "쓰러지지 않고" 자신의 게임 규칙을 지킨다. 이 작품에는 이런 승리의 비밀이 숨겨져 있다. 그것은 상대를 전유하지 않고 자신을 비우는 것이다. 대나무는 상대를 때려눕히지 않고, 자신의 속을 비운다. 그 텅 빈 속은 "설움이/ 가득 차" 있다. 대나무는 지배와 정복이 아니라 자신을 비우는 "허공"의 전략을 사용한다. 자신을 비우고 아파하되 적을 전유하지 않는 대나무의 이런 모습은 앞에서 이야기한 바 "일부러 져 준 거" 같은 냄새를 풍긴다. 그러나 "굳세게 흔들리고 있는" '한결같은 대나무'의 어디에 비굴함이 있는가. 약하고 착한 것들은 이렇게 자신을 비우되 자신을 끝내 버리지 않는다. 그것들은 상대를 제압하지도 정복하지도 않으면서 승리하는 법을 안다.

　　뛰어내려야 한다 앞장서 떨어져 내려야 한다 절벽 아래로
　확, 달려들어야 한다 단번에, 순식간에
　　　날 선 식칼을 들어 새하얀 광목천, 쭈욱 찢어야 한다
　　　두려워하지 마라 겁내지 마라 무서워하지 마라
　　　뛰어내려야 한다 굵은 물줄기로 떨어져 내려야 한다 훌
　쩍, 번개처럼 천둥처럼,
　　　과감하게 내려쳐야 한다 내려쳐라 쳐, 모두 함께 달려들어라 떨어져 내려라 뛰어내려라
　　　뛰어내려 콸콸대는 시냇물이 될 수 있다 고요한 호수가 될 수 있다 굽이치는 강이 될 수 있다 침착한 바다가 될

수 있다

　마침내 한 생명 둥글게 낳을 수 있다 한 하늘, 한 말씀
이룰 수 있다

　뛰어내려라 내려쳐라 쳐, 다 함께 몰려들어라 한꺼번에
떨어져 내려라 우르르 쾅쾅, 뛰어내려라.

　　　　　　　　　　　　　　　　　　—「폭포」 전문

　이 작품에서 시인은 모처럼 단호하고 강한 음성을 들려
준다. 폭포의 수직성은 얼마나 단호한 결단인가. "내려쳐라
쳐"라는 명령어는 얼마나 힘이 넘치는가. 그러나 수직의 강
력함이 최종적으로 도달하는 것은 '둥근 생명성'("한 생명 둥글
게 낳을 수 있다")이다. 시인의 강함은 모나고 각진 고체가 아
니라 둥글고 부드러운 액체를 지향한다. 수직 강하하는 폭
포의 위력은 그것이 바닥에 떨어져 둥근 물("고요한 호수")이
될 때 완성된다. 둥근 물은 마침내 수평의 넓은 물("침착한 바
다")이 된다. 그러므로 의지보다 더 강력한 것은 장구長久한
생명의 원리이다.

　선한 것들의 유전법은 계통의 법칙을 충실히 따른다. 선
한 것들은 집단무의식을 형성한다. 선한 것들의 오랜 기억
이 선한 현재를 이룬다.

　산길을 가며 나무를 만나는 것은

　세상을 살아가며

　사람을 만나는 것과 같다

저처럼 많은 나무들
나무들 중에도
좋은 나무가 있다

저처럼 많은 사람들,
사람들 중에도
좋은 사람이 있다

좋은 사람이 좋은 세상을 만든다
좋은 나무가
좋은 숲을 만드는 것처럼.

　　　　　　　　　　　　—「산길을 가며」 전문

　그러므로 이은봉의 작업은 선함의 계보학을 읽어 내는 것
이다. 선한 것들의 힘은 선한 것들끼리의 접속에서 생겨난
다. 그것은 강물과 바다처럼 유구한 에너지가 되어 흐른다.
악한 것들과 싸울 때, 선한 것들은 선한 방식으로 싸운다.
그 과정에서 선함의 일부가 훼손될지라도 선함의 바다가 사
라지는 일은 없다. 이은봉의 시들은 이런 점에서 선함의 계
보학이자 고고학이다.

3.

　악의 속성은 점유와 지배와 약탈이다. 그것은 욕망의 비

만 상태를 지향한다. 욕망은 비만해질수록 가난해진다. 그
것은 더 큰 욕망을 꿈꾼다는 점에서 결핍이다. 비만은 결핍
을, 결핍은 비만을 낳는다. 악의 순환은 이런 식으로 이루
어진다. 반대로 선은 비우고 버림에서 시작된다. 선은 욕
망의 풍화작용을 통해 제 살과 뼈를 깎는다. 버릴 것을 다
버린 몸에서 욕망의 비린내는 풍기지 않는다. 그러므로 선
의 몸은 타자를 영토화하지 않는다. 그것은 점유 대신에 내
어 줌을, 지배 대신에 함께 어울림을, 약탈 대신에 나누어
줌을 꿈꾼다. 우리가 선의 계보학에서 발견하는 것은 이런
원리이다.

> 스님, 이제 가야겠어요 견디기 너무 힘들어요
> ─언제쯤 가시려고요 지금 가시면 안 돼요
> 가을이 오면 가려고요 햇볕 좋은 날 가려고요
> ─추석을 쇠기 전에 가셔야 해요 추석을 쇠고 나면 바빠져요
> 추석을 쇠기 전에는 좀 한가해요 스님, 그때는 괜찮아요
> ─그래요 추석을 쇠기 전에는 가시는 길 도와드릴 수 있어요
> 그냥 화장해 주세요 달마산에 뿌려 주세요
> ─그래도 사흘장은 치러야지요 친구들도 좀 부르고요
> 알았어요 스님 뜻대로 할게요 조금 기다리지요 뭐
>
> 추석을 쇠기 한두 주일 전쯤 어느 햇볕 좋은 날
> 그녀는 갔다 바짝 마른 제 몸뚱이만 이승에 남겨 둔 채.
> ─「햇볕 좋은 날-김태정」전문

죽음의 당위 앞에서 욕망을 남의 일처럼 툭툭 털어 버리는 풍경은 아무에게나 일어나지 않는다. 그것은 자연의 순리 앞에서 무릎을 꿇는 일이며, 그 순한 자세는 슬픔이 끼어들 여지도 없이 경이롭다. 견딜 수 없는 것을 견디다가 숙명의 바람 앞에서 바람처럼 가벼워지는 일은, 오로지 몸의 욕망을 버릴 때 생겨난다. 그것은 몸-주체들이 아무에게도 함부로 기대할 수 없는 일이며, 욕망의 영도零度에서 기화되는 영혼에만 일어난다. 이 시에서 "햇볕 좋은 날"과 "김태정"은 동격이다. 그러므로 '햇볕 좋은 날'은 '김태정' 시인의 은유인 셈이다. 이은봉 시인은 병마와 싸우다 젊은 나이에 세상을 뜬 김태정의 죽음을 왜 '좋은 날'이라고 은유했을까. 그 비밀은 다음의 시에서 드러난다.

곧바로 낙엽이 되어 뒹굴겠지 구절초, 나도 흙으로 돌아
가겠지 흙이 되겠지
풀로 나무로 돌아가기 위해 준비를 해야 할 때가 오네 한
줌 새까만 씨앗으로 빛날 때가.
　　　　　　　　　　　　　　　　—「구절초 이별」 부분

이 시집의 여러 군데에서 시인은 흙으로 돌아가는 이야기를 한다. 이렇게 보면 삶에 대한 그의 '순한' 자세는 채움이 아니라 비움의 미학에서 비롯된 것이다. 그는 자연-서사(nature-narrative)의 규칙이 비움과 내어 줌이라는 사실을 누구보다도 잘 안다. 한 존재가 자신을 내어 줄 때 다른 존

재가 태어난다. 그러므로 흙으로 돌아가는 것은 사라지는 것이 아니라 빛나는 씨앗("씨앗으로 빛날 때")이 되는 것이다. 앞에서 그가 김태정 시인의 죽음을 "햇볕 좋은 날"에 은유한 것도 이런 맥락이다. 이런 점에서 타자를 영토화하고 자신을 확장하는 것은 자연-서사에 대한 거부이다. 세상의 모든 피조물이 사라짐의 바람 앞에 (사라짐도 의식하지 않으면서) 자신을 내어 줄 때, 오직 욕망-인간(desire-man)만이 풍화를 거부한다. 이은봉 시인은 타자를 전유하지 않고 자기를 비우면서, '져 주는 척'하거나 실제로 져 주면서 '저 순한, 봄의 시학'을 살아왔다. 그리하여 그에게는 죽음도, 무화無化도 '빛나는 씨앗'이 된다.

> 천천히 흙이 되는 잎사귀의 마음이 어땠을까 잎맥들만 남기고 차가운 흙이 되고 있는 저 잎사귀의 마음이라니!
>
> —「굴참나무 잎사귀」 부분

그러나 그의 이런 자세가 달관이나 초월의 기표를 달지 않는 것은, 그가 이렇게 흙으로 돌아가는 것들의 "마음"을 절절하게 읽어 내기 때문이다. "'나'는 잘 참으며 저만치 서서 그냥 웃는다"(「해解」)는 그의 고백은 자연-서사에 순종하면서 초록의 희망을 품는 일이 만만치 않은 것임을 보여 준다. 그것은 인내("잘 참으며")와 거리("저만치 서서")와 낙관("그냥 웃는다")의 배합이 가져다주는 아픈 선물이다. 이 시집은 그런 선물로 가득하다.